文芸社セレクション

海辺の中也

神室　一男

KAMURO Kazuo

JN068429

文芸社

目次

昭和50年3月、早春の光を浴びて僕は16歳になった。

北国にも遅い春が来た。4月、田んぼの雪も融け大地が顔を出した。陽の光も暖かい春の輝きに満ちていた。僕は飼い犬の柴犬、マリィーを連れ、田んぼの畦道を通り西山の麓を流れる雄物川まで散策した。いつもの愛犬の散歩コースだ。

僕は、田んぼの畦道を通り雄物川の岸辺まで、色んな空想をしながら散策するのが好きだった。僕はこの畦道を「哲学の道」と呼んでいた。僕はチェコ・スロバキアの国民主義楽派の祖、スメタナの交響詩「わが祖国より」のモルダウが好きだった。ボヘミアを流れるモルダウ川と、秋田県民歌に出てくる「山水皆これ　詩の国秋田」の雄物川は僕の中では同格かそれ以上の故郷の川であった。雄物川の河畔の西山には小野城址があり最上氏に対する前線基地でもあった。僕は、《雄物川我のモルダウ流れゆく古城の畔夏の夕暮れ》と夏の雄物川を詠んだ。僕は、音楽、地理とか歴史、文学、自然科学が好きだった。雄勝野を流れる雄物川はボヘミアを流れるモルダウそのものだった。

僕の想像には音楽が欠かせない趣があった。今度は宇宙に関する考察だ。こ

れは、ホルストの組曲「惑星」より「ジュピター」を聴いている時に触発された。宇宙はビッグバンから始まり膨張している。宇宙は太陽のような恒星の周りを惑星が公転し、太陽系が出来、太陽のような恒星が幾つも集まった銀河が出来、白色矮星やパルサー、ブラックホールや星雲が集まった全宇宙がある。そして、宇宙は膨張している。全宇宙はそれら宇宙の全質量がブラックホールにならない程度のシュバルツシルトの半径より少し長い半径を保ちながら、膨張しているのではないだろうか、と思った。言い換えるならば、「宇宙の平均密度は、宇宙全体が

ブラックホールである時の密度より少し小さい」ということだった。

この着想を得て僕は、「宇宙の密度に関する考察」をし、宇宙の臨界密度を求める式を導入した。何せ、高校生が解いた宇宙の臨界密度の話であるから、証明にいささか無理もあろうと思いますが、雄物川をモルダウ川と言ってはばからなかった頃の話であるので、その辺はご容赦の程を。僕はこの雄物川に続く「哲学の道」で、いつもこの様な様々な思索を廻らしながら散策していた。

「宇宙の密度に関する考察」

序論

仮説1

宇宙の平均密度は、宇宙全体がブラックホールとした時の密度と同程度でそれより少し小さいのではないだろうか。そして宇宙全体は、ブラックホールに成らない程度の密度で膨張しているのではないだろうか。

仮説2

宇宙はビッグバン以後膨張している。ハッブルの法則によれば$V = HL$（V：後退速度、L：距離、H：ハッブルの定数）が成立する。アインシュタインの特殊相対性理論より、速度の上限は光速度Cである。宇宙の最果てまでの距離をRとすると、ビッグバンの際に多量のフォトンも放出されたと考えられるから宇宙は光の速度で膨張している。宇宙の膨張速度は$C = HR$と表すことができるのではないだろうか。

仮説3

宇宙の半径はブラックホール程度なのでシュバルツシルトの半径$R = 2GM/C^2$（G：万有引力の定数、M：宇宙の質量）より少し大きい。

ただしこれからの式の誘導は全て不等号を使わず、等号を用いて行うものとする。

本論

宇宙のビッグバンは等方均一に行われた。そして放射状に球形に近い形で膨張が始まったと考えられる。

$$\rho_0 V_0 = \rho_1 V_1 \quad (\rho:\text{密度、}V:\text{体積}) \qquad (1)$$

また、宇宙の体積Vは、

$$V = \frac{4}{3}\pi R^3 \qquad (2)$$

ここでRはシュバルツシルトの半径だから、

$$R = \frac{2GM}{C^2} \qquad (3)$$

（2）式に（3）式を代入すると、

$$V = \frac{4}{3}\pi\left(\frac{2GM}{C^2}\right)^3$$

$$V = \frac{32\pi G^3 M^3}{3C^6} \qquad (4)$$

（4）式より宇宙の体積を得る。

ここで一般に物質の密度は、
（密度ρ）＝（質量M）／（体積V）で表される。したがって宇宙の密度は、

$$\rho = M \div \left(\frac{32\pi G^3 M^3}{3C^6}\right)$$

$$\rho = \frac{3C^6}{32\pi G^3 M^2} \qquad (5)$$

宇宙の密度は質量Mの二乗に反比例して小さくなっていくので、十分宇宙の密度たり得る。

宇宙は$C = HR$を満たしながら膨張しているので、更なる式の導入をする。Mの項を消去しハッブルの定数Hの項で表したいのだ。

（5）式より、

$$M = \sqrt{\frac{3C^6}{32\pi G^3 \rho}} \qquad (6)$$

ここで再び（2）式より、

$$R = \frac{2G}{C^2}M$$

この式に（6）式を代入すると、

$$R = \frac{2G}{C^2}\sqrt{\frac{3C^6}{32\pi G^3\rho}} \qquad (7)$$

（7）式の両辺を2乗すると、

$$R^2 = \frac{3C^2}{8\pi G\rho} \qquad (8)$$

（8）式より、

$$\rho = \frac{3C^2}{8\pi GR^2} \qquad (9)$$

ここで $C = HR$　　H：ハッブルの定数　　(10)

$\rho = \dfrac{3(HR)^2}{8\pi GR^2}$ より、

$$\rho_c = \frac{3H^2}{8\pi G} \qquad (11)$$

（11）式は宇宙の臨界密度である。

宇宙はブラックホールにならない程度の密度で膨張しているので、実際の宇宙の密度をρ_R、宇宙の臨界密度をρ_cとすると、

$$\rho_R < \rho_c \qquad (12)$$

が成立するのではないでしょうか。

結論

仮説に従って式を導入していったら、宇宙の臨界密度$\rho = \frac{3H^2}{8\pi G}$は、一般相対性理論で導入した式と一致した。

僕は実際の宇宙の密度の観測値は知らない。しかし、宇宙の臨界密度の式を得たことは「宇宙の密度は宇宙全体がブラックホールとした時と同じ程度の密

度かそれより小さい」と言えるのではないだろうか。それから、この問題を解いている時に気づいたのであるが、宇宙空間の単位体積における物質をエネルギーで表すと、物質エネルギーは$E = mc^2$より$E = \rho c^2$で表されるのではないだろうかと思った。これがビッグバン以降の宇宙の黒体輻射$2.7k$に関係しているのではないだろうかと思った。

そして、講談社のブルー・ブックスの『相対論的宇宙論』の中でハッブルの定数は$H = 55 \pm 7(km/s)/Mpc$と表記されていた。ここで、$1pc$とは１パーセックと読み3.26光年の事をいう。$1Mpc$とは１メガパーセックと読み１パーセックの１００万倍の3.26×10^6光年をいう。従って、ハッブルの定数$48(km/s)/Mpc \leqq H \leqq 62(km/s)/Mpc$とは$3.26 \times 10^6$光年につき$55 \pm 7(km/s)$の速度で宇宙が膨張している事を意味しているのである。宇宙の膨張の後退速度vは$v = Hr$で表されrが遠方であるほど後退速度は大きい。また、物理学ではＭＫＳ単位系を用いる。ＭＫＳ単位系は、３種の基本量、長さ、質量、時間に対してそれぞれメートル（m）、キログラム（kg）、秒（s）を基本単位とした単位系である。１光年＝$9.46 \times 10^{12}km = 9.46 \times 10^{15}m$

であるから、$1Mpc = 3.26 \times 10^{6}$光年をメートル（$m$）で表せば、
$1Mpc = 3.26 \times 10^{6} \times 9.46 \times 10^{15} m$となる。
$48(km/s) = 4.8 \times 10^{4}(m/s)$また$62(km/s) = 6.2 \times 10^{4}(m/s)$である。僕はこの値をもとにして（11）式を用いて宇宙の臨界密度$\rho = \frac{3H^2}{8\pi G}$を計算してみた。ここで、万有引力の定数$G = 6.672 \times 10^{-11}(N \cdot m^2 \cdot kg^{-2})$

$H = 48(km)/Mpc$の時の宇宙の臨界密度ρは、

$$H = \frac{4.8 \times 10^{4}(m/s)}{3.26 \times 10^{6} \times 9.46 \times 10^{15}(m)} = 1.556 \times 10^{-18}(s^{-1})$$

$$\rho = \frac{3H^2}{8\pi G} = \frac{3(1.556 \times 10^{-18})^2}{8\pi \times 6.672 \times 10^{-11}} = 4.33 \times 10^{-27}(kg/m^3)$$

$H = 62(km/s)Mpc$の時の宇宙の臨界密度ρは、

$$H = \frac{6.2 \times 10^{4}(m/s)}{3.26 \times 10^{6} \times 9.46 \times 10^{15}(m)} = 2.01 \times 10^{-18}(s^{-1})$$

$$\rho = \frac{3H^2}{8\pi G} = \frac{3(2.01\times10^{-18})^2}{8\pi\times6.672\times10^{-11}} = 7.23\times10^{-27}(kg/m^3)$$

そうしたら、

$$4.33\times10^{-27}(kg/m^3) \leqq \rho \leqq 7.23\times10^{-27}(kg/m^3)$$

が得られた。また、ハッブルの定数Hは時間（秒）の逆数の次元を持つこともわかった。

また宇宙の物質をエネルギーとして表した単位体積当たりの物質エネルギー

$E = mc^2 = \rho c^2$は、

$$3.89\times10^{-10}J \leqq \rho c^2 \leqq 6.50\times10^{-10}J$$

と求められた。

僕は以上のようなレポートを書き終えた。３月の西の夜空にはまだ冬の星座オリオンのリゲルとベテルギウスが輝いていた。上気した顔に春の夜の冷気が心地よかった。

翌日、僕は昨日書いたレポートを高校の物理学の教師、矢部信太郎《やべしんたろう》先生に見てもらいにY市にあるY高校に電車で行った。僕の通うY高校は県立の進学校であった。

物理の準備室で矢部先生は机に向かって仕事をしていた。僕は、矢部先生とは初対面であった。話をするのはこれが初めてであった。僕はおもむろに口火をきった。

「僕は4月から理系コースの2年A組で先生の物理の授業を受けることになります、伊達和夫《だてかずお》と言います。今日は先生に折り入って相談に参りました」

「そう、伊達君ね、私の授業を受ける前からどのようなことかね」

僕は意を決して言った。

「実は、僕は、宇宙に関するある法則を解いたのです。それが正しいのか間違っているのか先生に読んで判断していただきたいのです」

「ほう、宇宙に関する法則を解いたって、それは大きく出たな、君。そういう人は五万といるらしい。それで君は何を解いたんだ。伊達君とやら…」

「『宇宙の密度に関する考察』です。宇宙の臨界密度を解いたのです。そのレポートを持参してきました」

「宇宙の臨界密度。ほんとうか？　面白そうだな、『宇宙の密度に関する考察』とやらのレポートを私の机の上に置いて行きなさい。私もじっくりと読まなくては何とも言えないから」

「お願いいたします」

僕は、50代前半の温厚そうな物理の矢部先生にそのレポートを預けその日は帰宅した。

数日後、また高校の物理学の準備室で仕事中の矢部先生を訪れた。まだ春休み中だった。

「先生、お忙しいところ恐縮ですが、僕の書いたレポートを読んでいただけましたか」

僕はおもむろに聞いた。

「君の書いたレポートは確かに読ませてもらった。誰かの書いた本を写したりしなかったろうな」

僕は予想だにしなかった、言葉に驚いた。

「僕は、高校生向きの『宇宙論』に関する本を読んでいるうちに、自分の考えが浮かび、そしてあの文章を書きました」

「それじゃあ、その本を写したのだな」

「いいえ違います。その本には僕の書いたことに関する記述はありません。ここにその本がありますから読んでみてもらえば分かります」

矢部先生はしばらくその本に目を通した。

「なんだ、ただの入門書じゃないか。君の言うとおりだ。だが、もう少し質問させてもらうよ」

僕はその後、先生から本当に理解しているのかどうなのか、しばらく詰問されるように問いただされた。僕はしどろもどろに答えた。随分、時間がたったように感じた。また、僕は、矢部信太郎先生から、観測される宇宙の密度を教わった。そして、ハッブルの定数をパーセクを使わないで、時間の逆数で計算できることも教わった。

「実際は相対性理論を手法としなければならないが、大学生になって相対性理論を学ぶために、高校生をしている君に相対論と言ってもな……。それは大学に入ってから本格的に学ぶといい。君の書いた『宇宙の密度に関する考察』は、なかなか面白かったよ。宇宙の平均密度が宇宙全体をブラックホールと見なした時の平均密度と同じ程度だとは、よく見抜いたな。伊達君これからも頑張れよ」

「ありがとうございました、先生」

僕は、晴れ晴れしい気分になった。けれども、矢部信太郎先生は、新たに話し始めた。

「それから物理学とは、優れて客観的な学問だ。物理学は全て数学的記述によって構成されている。ニュートン力学では、物体の位置と運動量が分かればその物体の運動は決定される。量子力学では、陽子や電子や素粒子の位置や運動量の両方を同時に特定できないとするハイゼンベルクの不確定性原理がある。ハイゼンベルクは、粒子の位置の不確定さと速度の不確定さと粒子の質量を掛けたものは、プランク定数と呼ばれるある量より小さくできないことを示した。また相対性理論とは光速度不変と時間や質量とエネルギーの等価性や重力による空間の歪みなどを数学で記述している。

歴史ではそうはいかない。歴史的事実は一つなのに、国家や民族の違いによって歴史認識や解釈が異なる。主観的を通り越して極めて恣意的である。また、文学は確かに偉大だ。シェークスピアは、作品の中で国王を即位させることも出来れば、暗殺することも出来る。そういう意味で文学者は、神に等しい。しかし、物理学者達はこの世の天地を創造した神々の設計図の神々の数式を解く考える輩なのだ。誰が計算しても同じ数値が得られ、誰が実験しても同じ再現性が得られる。極めて客観的だ。だから物理学は面白い」

そして矢部先生は、一呼吸おいてから「それじゃあ、2年生から一緒に物理学を学びましょう」と言った。

僕は「はい、よろしくお願いします」と少し大きめな声で返事をした。僕は改めて物理学のすごさを感じ、何か途轍《とてつ》もないものに触発された様な気分になった。そして昂揚感を持って物理の準備室を後にした。

その日の夜、僕に篠田涼子《しのだりょうこ》から電話があった。篠田涼子は僕の中学時代のクラスメートで、中学時代は吹奏楽部のフルート奏者で部長をもこなした英語の得意な女子高生だった。現在、篠田はY市にある僕と同じY高校に通う幼馴染である。

「もしもし、こんばんは、涼子です」

「涼子さんこんばんは、伊達です」

「お誕生日おめでとう、伊達君」

「ありがとう」

「春休みはなにしてる。退屈じゃない」

「特に退屈はしていないよ。この前、マリィーを連れて『哲学の道』を歩いていた時、面白いことを思いついたよ」

「また、スメタナの『我が祖国より』と秋田県民歌を比べて雄物川はモルダウより豊かで美しい川だなんて言うんじゃないでしょうね」

「それも有りだけど、今度は宇宙の話さ」

「宇宙の話って何」

「宇宙の話は、また今度にする」

「なぁんだ。そうなの。それでねえ伊達君、明日あなたの家で誕生日のパーティーを兼ねて音楽会しない」

「何時にする？」

「午後からでいい？」

「いいよ篠田、待っているから、気をつけてきてね」

「それじゃあね、おやすみなさい」

「それじゃあ、おやすみなさい」

僕は篠田涼子には、自ら解いた「宇宙の密度に関する考察」の話はしなかった。あまりに突飛だと思われるのも嫌だったし、だいたい篠田涼子は英語や現代文、吹奏楽部で音楽が得意な根っからの文系タイプだったからだ。文系タイプだから自然科学に興味がないとは言えない。また別の機会にでも言えばいいさと僕は思った。

翌日の午後、約束通り篠田涼子は僕の家にきた。玄関で母が彼女を出迎えピアノとギターとコンポーネント・ステレオがある洋室の応接間に通した。

「おば様、こんにちは。お久しぶりです」

「涼子ちゃん、こんにちは。お久しぶりね。元気だった?」

「まあなんとか、元気です」

「英語の成績がまた上がったんだってね。和夫が言っていましたよ。今日はゆっくりしていってください」

「有難うございます。おば様」

母から篠田涼子が来たことを知らされ、僕も応接間に入った。篠田涼子は中学時代から僕の家にきてピアノを弾いたりギターを弾いて歌ったりしていた。彼女はアップライトのピアノでサイモン&ガーファンクルの「明日に架ける橋」を弾き語りで歌いだした。クラシックのような透明感があるピアノの前奏が始まり彼女は歌い始めた。

篠田涼子は澄んだ透き通る声で低音域はソフトに、高音域をソウルフルにこの楽曲を最後までピアノを弾きながら見事に歌いこなした。まるでオリビア・ニュートン・ジョンのような魅力的で素晴らしい歌唱力と演奏だった。

「とても歌が上手だったよ、ピアノもさ。とても素晴らしかったよ!」僕は感動しきってそう言い放った。

「ま〜ね。わたしはこの曲好き」篠田涼子が言った。

「僕もこの曲好きだよ」

さきほど母がイチゴのショートケーキと紅茶を二人分持ってきてくれた。

「イチゴのショートケーキと紅茶ありがとう」

「いいえ、どういたしまして」

「それじゃあ、いっただっきます」

篠田涼子は、ショートケーキをほおばりながら、しゃべった。

「このショートケーキとてもおいしい。ところで、いい話があるのよ」

「どういう話？」僕は尋ね返した。

「私このあいだ、従姉の結婚式に行ってきたの。従姉は24歳で大学の英文科の卒業で大手企業に勤める綺麗なＯＬでね。相手のお婿さんは26歳で国立大学の工学部を卒業して大手電機メーカーに勤めるハンサムで優秀なエンジニアなの。二人とも、とても幸せそうでカッコよかったわ」

「結婚なんて僕にはまだまだ先の話でわからないけど、悪くはなさそうな話だね」
「悪くなんてないわよ！」
「ごめんごめん、その先を続けてくれない」
「そうよ、それからね、二人のプロポーズの話がでたんだけど、それがね、お婿さんが書いた詩が週刊誌に載ったんだって。タイムリーな話よね。その詩を従姉に見せながら詩の一部を、
『君が、困った時、泣き濡れている時
　僕は翼を広げ君を癒してあげよう
大丈夫、僕はここにいるよ
涙よさようなら』
と朗読してプロポーズしたんだって。従姉は突然のサプライズにすぐにＯＫしたんだって」
「週刊誌に投稿した詩がタイムリーに掲載されプロポーズか、とてもいい話だね。これからの人生、僕がきみを守っていく、二人の人生の誓いのような言葉だね」

「そうよね、エンジニアなのに詩も書けるなんて、幾つもの才能を持っていて素敵なお婿さんね」

「いつまでも幸せにね」僕は言った。

「そうね」篠田も頷いた。

「そうだね、ところで伊達君、短歌なんか詠んでみない」篠田涼子は唐突に言った。

「そうそう〈少年は恋とも知らず恋をせり少女と出逢い初夏となる〉なんてね」

僕は少し度肝を抜かれたような気がした。けれども、僕は、短歌をよく詠むので大丈夫な気がした。

「なるほどね。僕のは〈青い海波打ち際を微笑んで夏の少女は裸足でかける〉かな」

「とてもいいわ。〈夏の少女は裸足でかける〉が、特に好き。ありがとう」

「今度はこれは。〈君が今波打ち際をかけて来て虹の幻水しぶきあげ〉」

「素敵ね。どちらの歌もみずみずしくてフレッシュだけど〈波打ち際をかけて来て虹の幻水しぶきあげ〉がとっても素敵よ」うっとりと篠田は応えた。

「〈真っ青な空に飛行機雲伸びて僕の心を二つに分ける〉は？」

「何を二つに分けるの」

「心の中にある、相対する二つの心さ、喜びと悲しみというようなものさ。飛行機は飛行機雲の先端にあって二つの心の分岐点になっているんだよ」

「分岐点か。私はどちらにいるの」少し不安げに篠田は尋ねた。

「喜びの方にきまっているじゃん」

「そう、ありがとう」嬉しそうに呟いた。

「今年は夏が終わったら〈思い出を原稿用紙百枚にしたためている夏の終わりに〉にしたいな」と僕が呟くと、篠田涼子も頷いて言った。

「私も小説を書いてみたいな」

篠田は、音楽、ピアノ、フルート、ギターなどとても上手に演奏できたし、取り分け歌はうまかった。英語も、文学も何でもできた。

「その篠田が書いた小説の第一読者は僕にさせてもらいたいな。期待しているからね」

「いいわよ、伊達君」

僕は音楽の話をしようと思っていたのに、篠田涼子の従姉の結婚のプロポーズの話に飛躍して、それから短歌の相聞歌に至るとは想像だにしなかった。僕は僕の心のどこかが熱くなるのを感じた。そして、篠田涼子が本物のオリビア・ニュートン・ジョンのように見え、とてもかわいらしく魅力的に感じられた。そして、篠田涼子にたいするそういった感情は僕が初めて抱く感情であった。僕はその感情を篠田涼子に悟られないように振る舞った。それから、二人は初めの予定通りに音楽の演奏会に戻った。

「今度は、僕がビートルズのLet It Beをピアノで弾き歌おう。篠田はフルートでメロディー・ラインのところを演奏してくれないか」

「ちょっと待って。ピッチを合わせてチューニングするから音をちょうだい」

僕は、ピアノのラの音を打鍵した。

「これでいい？」

「いいよ！　チューニング終了」

「それじゃあ始めるよ」

「Let It Be」は、とても調和のとれた讃美歌風の曲だ。この曲は独特なコード進行でカッコイイ。ピアノの前奏の後に篠田涼子のフルートの主旋律が奏でられ、いい感じで曲が始まった。僕はフルートの音色がとても綺麗なので、歌うことをためらったが、篠田から目で促され歌った。

　また、篠田のフルートのアドリブもハイレベルなものでスゴクカッコよかった。とても楽しく密度の濃い重層的な時間が二人を包んだ。そして、そのあと僕はやはりビートルズのHey JudeやYesterdayなどを歌った。篠田涼子はカーペンターズのTop Of The WorldやYesterday Once Moreなどを歌った。とても楽しくお互いの心がこもった密度の濃い時間が過ぎていった。最後に、とっておきのサイモン&ガーファンクルの「スカボロー・フェア／詠唱」を二人で歌った。「スカボロー・フェア／詠唱」はイギリス民謡を基にした曲で、ポールが主旋律をアートがカウンター・メロディーをそれぞれ書いている。アラベスクのように繊細で、織りなすような美しい曲だ。篠田は主旋律を歌い、カウンター・メロディーは僕が歌った。バシッと決まった。とても幻想的な歌で二人で歌った後におのおのが不思議な感動に満たされるのを感じた。その、感動が冷めやらぬ間に、僕の誕生会と兼ねた音楽会は終了した。

「伊達君誕生日おめでとう。今日はとても楽しかったわ。短歌まで詠んだりしちゃった。ありがとう。〈原稿用紙百枚したためている夏の終わりに〉期待しているからね」

「こちらこそ、どうもありがとう。やっぱり音楽も文学も篠田だな、かなわないよ。スゴイよ。篠田って作家で言ったらフランソワーズ・サガンだな。ミュージシャンで言ったらオリビア・ニュートン・ジョンみたい」

「伊達君って、じょうずなんだから、もう…」篠田涼子は微笑みながら、ちゃめっ気たっぷりに言った。

「じゃあまたね。新学期もよろしく」

「じゃあまたね。元気でね！　さようなら」

篠田涼子は帰って行った。春の宵はミステリアスに暮れてゆくのでありました。

北国にも遅い春がきた。Y高校では4階建ての校舎で1年生は2階、2年生は3階、3年生は4階に教室がある。教室には各階ごとにバルコニーがついていた。バルコニーから南には近くの丘になった公園と、東には標高2236mの壮大な鳥海山が眺望できた。雪を頂いた鳥海山の姿は富士山に似ており出羽富士とも呼ばれとても雄大で美しい山だ。2年生になると理系と文系のクラスに分かれた。1学年8クラスだったのが、理系が3クラス、文系が5クラスになった。

僕は理系のA組のクラスに属した。春の陽気が清々しく思えた。3階の教室のバルコニーから公園を眺めたり、まだ雪を頂いた壮麗な鳥海山を見ては気持ちを新たにしたりして、クラスメートたちが幾つかのグループになってしゃべっていた。

「April come she will 草萌える」雄大な鳥海山をバックに浅田春彦《あさだはるひこ》は言った。

「April come she will 草萌える? 浅田、サイモン&ガーファンクルの『四月になれば』だろ。それはわかるけど『草萌える』てなに?」

「伊達、エープリル・カム・シー・ウイル草萌える。俺の作った俳句だよ。5・7・5になっているだろ」

「確かに5・7・5になっているよ。しかも英語のはいった俳句なんて初めて聞いたよ」

「俺、サイモン&ガーファンクルが大好きなんだよな。四月になれば彼女はやって来る、彼女って生命なんだよ。そして草萌えるなんだ、春なんだって」

出羽富士をバックにすると、大自然への畏怖の念と言うかその雄大さが、いっそう浅田の説得力を増した。

「浅田はスゴイな――」

しばらく僕は瞑想してから、

「これなんかどう、ドビュッシー聴いて朧の春の宵」

「ドビュッシーときたか！　ドビュッシー聴いて朧の春の宵…いいジャン、いいジャン」

僕は、浅田春彦とは良いクラスメートになれそうな感じがして、とても嬉しかった。

新学期が始まった。

それは、五月の連休明けの数学ⅡBの授業の時だった。数学の須藤《すどう》先生が、

「君が伊達君か、物理の矢部先生から聞いたぞ」

僕は少し驚いたように、

「なんのことですか」

と聞いた。すると須藤先生は、

「君は、宇宙に関する法則を証明したそうじゃないか。あのコピー私も読ませてもらったよ。科学に興味をもつことはとても良いことだ。ああいったことを将来やっていきたいのなら、基礎となる数学や物理はもとより英語もしっかり勉強しなさい」と言った。

「分かりました」と僕は答えた。

数学の授業が終わったあとに、

「宇宙に関する法則ってなんなんだよ。オレたちにも教えろよ」と、半分は解けるはずなどない、半分はもしや本当にという好奇心とからかい半分で、クラスの皆から、質問攻めにあった。僕は、多少困惑したが、自身の解いた「宇宙の密度に関する考察」のレポートをクラスの皆に見せたのだった。

半数のクラスメートたちは「宇宙の平均密度は宇宙全体がブラックホールとした時の密度より小さく、宇宙の年齢を136億年とすると、その密度はおよそ$\rho = 9.728 \times 10^{-27}(kg/m^3)$となり、何もない空間と思われていた宇宙空間が$E = 8.743 \times 10^{-10}J$の物質エネルギーで一応に満たされている」ということに賛成してくれた。

別の半数には疑問で疑問でしょうがないことがあった。そのことを安田英夫《やすだひでお》が口火を切った。

「そもそも、ブラックホールって光速をもってしても脱出することが出来ない、非常に重力の強くとてつもなく重い超高密度のコンパクトな天体だろう」

「その密度は$1cm^3$あたり数億トンにも及ぶと聞く、もしこの教室の机の上に$1cm^3$のブラックホールを置いたとする。下階に人がいたとすると、その人の脳を貫通して地球の中心を通過し地球の反対側に飛び出すだろう」

「そうだ、そんな超高密度なものが宇宙の密度なはずがない」

彼らはそう言った。

僕は答えた。

「確かに、太陽のような恒星一個分の質量を持つ天体が超新星爆発によってブラックホールになった場合に限って言えばそれは正しい」

「それでは何故、ブラックホールはコンパクトで超高密度なのでしょう。それを説明できる生徒いるかな」

そう尋ねたのは物理の矢部先生だった。僕もクラスメートも物理の時間が始まり、矢部先生が教室に来ていたのも知らずに議論していたのだった。みんなは一瞬シーンとなった。

「いいんだ、いいんだ。面白そうだからみんなそのまま宇宙の話を続けよう」

矢部先生は言った。

「ブラックホールだからです。本に書いてありました」安田英夫が言った。

「小説も本に書いてあるな。コンパクトで超高密度なお星さま、小説と物理学の違いは」

矢部先生の問いに僕は答えた。

「例えば、太陽の質量は $1.9891 \times 10^{30}(kg)$ です。半径は $6.960 \times 10^{8}(m)$ で、脱出速度は $617.5(km/s)$ です。シュバルツシルトの半径より、質量 M の天体

がブラックホールになるためには、半径が $R = \dfrac{2GM}{C^2}$ とならなければなりません。G は万有引力の定数、M は太陽の質量、C は光速度。

$$G = 6.672 \times 10^{-11}(N \cdot m^2 \cdot kg^{-2}),\ C = 2.99792458 \times 10^8 (m/s)$$

$$R = \frac{2(6.672 \times 10^{-11})(1.9891 \times 10^{30})}{(2.99792458 \times 10^8)^2} = 2953m$$

となり太陽の半径が２９５３ｍになるとブラックホールになります」

「確かに太陽がコンパクトな天体になったな」矢部先生は言った。僕はさらに続けた。

「また逆に、太陽の質量のまま半径が２９５３ｍになると光速でもその天体から脱出できなくなります。光などでも到達できなくなる領域、一切の情報が伝達できなくなる距離、その２９５３ｍがシュバルツシルト半径、別名『事象の地平面』と呼ばれています」

「天体がシュバルツシルト半径よりも領域が小さくなると光でも脱出できなく

なりブラックホールになるのだな。それが、『事象の地平面』なのだな」

矢部先生が言った。また、僕は続けた。

「今度は密度について考えてみます。密度は質量をその体積で割ると得られます。ブラックホールの質量がM、半径がRとすれば、密度ρは、

$$\rho = \frac{M}{\frac{4}{3}\pi R^3} \text{ ここで } R = \frac{2GM}{C^2} \text{ より、}$$

$$\rho = \frac{3C^6}{32\pi G^3} \cdot \frac{1}{M^2}$$

$$\rho = \frac{3(2.99792458 \times 10^8)^6}{32\pi(6.672 \times 10^{-11})^3} \times \frac{1}{(1.9891 \times 10^{30})^2} = 1.844 \times 10^{19} kg/m^3$$

$$\rho = 1.844 \times 10^{19} (kg/m^3) = 1.844 \times 10^{10} (\text{トン}/cm^3)$$

したがって、確かに太陽がブラックホールになった時の密度は$1cm^3$当たり184億トンという超高密度になると推測されます」

「やっぱりブラックホールはコンパクトで高密度だろう、初めから言っているじゃないか」

「そのとおり、でもそれは太陽一個分程度の質量を持つ天体がブラックホールになった時に成り立つだけだ。この密度を求めた時の式を見てください。密度ρは質量Mの二乗に反比例して小さくなります。たとえば、質量Mが銀河や宇宙規模になると極めて小さい密度でもブラックホールになり得るという、別のブラックホール像が浮かび上がってきます。しかし、宇宙はブラックホールではありません。僕は宇宙はブラックホールにならない程度の密度で膨張しているると言っているのです。それは、宇宙のインフレーション理論によって説明されます。宇宙は速く膨張しないと物質同士のお互いの引力ですぐにつぶれてしまうからです。また、あまりに速い膨張であれば、物質同士が離れすぎて、星や銀河が形成されません。初期宇宙の物質の量と膨張の速さの丁度良い関係を説明するのが、宇宙のインフレーション理論です」僕は発言し終えた。

「伊達、その宇宙の膨張のハッブルの法則の$V = HR$だけど」

浅田春彦が言った。

「ハッブルの定数を $H = 62(km/s)/Mpc$ とおいた時、光速度で後退する銀河の距離を求めると、

$$2.99792458 \times 10^5(km/s) = \frac{62}{10^6} \times \frac{x}{3.26}$$

$$x = 1.576 \times 10^{10}\ (\text{光年})$$

になる。したがって、157億光年遠方にある銀河は光速度で遠ざかり、その光はわれわれには到達せず、永遠に見えないことになる。これが、『宇宙の地平線』でしょう。$C = HR$ は『宇宙の地平線』は宇宙の果てを示すものではなく、宇宙のどの位置にいても157億光年までの距離が見える範囲であることを意味しているんだよ」

「ここで、少し整理をしておきたい」矢部先生が言った。「『事象の地平面』は、天体がブラックホールになった時光の速度でも脱出出来ない空間のことをいう。

また、宇宙は膨張していると考えられており、距離が離れているほど後退速

度が速く、地球に向かう天体からの光が光速以上で遠ざかると、その光は永遠に地球には届かない。この時、天体の光の届く限界を『宇宙の地平線』とよんでいる。よろしいですか」矢部先生は言い終えた。

「そうだった。宇宙の果てがRで、後退速度が光速度Cで膨張しているというのは、いささか短慮だった」僕は、肩を落とす様に言った。

「そうだろう。伊達」浅田は言った。

「でも、伊達の場合、宇宙の果てRが光速度Cで膨張していると仮定したんだな」

「そのとおりだ、浅田。そう仮定しなければ臨界密度は誘導できなかったんだよ」

「分かっているよ、伊達。その先があるなら、続けろよ」

浅田春彦が言ってくれたので僕は続ける勇気が湧いてきた。そして発言を始めた。

「宇宙の密度を質量から求めるのではなく、ハッブルの定数を用いて表すと、(11)式より、

$$\rho = \frac{3H^2}{8\pi G}$$

が得られる。

ここで宇宙の年齢を１３６億年と仮定すると、宇宙の臨界密度ρは、宇宙の年齢からハッブルの定数Hが決まり求められる。

ここで宇宙の年齢を１３６億年と仮定すると、宇宙の密度はρは、宇宙の年齢からハッブルの定数Hが決まり求められる。

$$\rho = \frac{3H^2}{8\pi G}$$

G：万有引力の定数$6.672 \times 10^{-11}(N \cdot m^2 \cdot kg^{-2})$

ここで$t = 136 \times 10^8$(年)$= H^{-1}$、宇宙の年齢１３６億年を秒で表すと、ハッブルの定数Hは時間t（秒）の逆数で表される。

したがって$H = \dfrac{1}{136 \times 10^8 \times 365 \times 24 \times 3600} = \dfrac{1}{4.289 \times 10^{17}}(s^{-1})$

$$H^2 = \frac{1}{1.839 \times 10^{35}}$$

$$\rho = \frac{3H^2}{8\pi G} = \frac{3}{8\pi \times 6.672 \times 10^{-11} \times 1.839 \times 10^{35}}$$

$$\rho = 9.728 \times 10^{-27} (kg/m^3)$$

宇宙の臨界密度はこのようにして得られ、観測される宇宙の密度とほぼ一致する。なおこの密度から $E = mc^2$ で質量はエネルギーで表される。宇宙の単位体積当たりのエネルギーは $E = \rho c^2 J$ で表されます。

$$E = 9.728 \times 10^{-27} \times (2.99792458 \times 10^8)^2$$

$$E = 8.743 \times 10^{-10} J$$

したがって、宇宙は一様に $E = 8.743 \times 10^{-10} J$ のエネルギーで満たされているのです。宇宙空間は無ではないのです。

それから、今の浅田の発言で昭和50年の理科年表に載っているハッブルの定数に誤りがあることに気付きました。それについても証明したいと思います」

僕は続けた。

「昭和50年の理科年表にはハッブルの定数は、$100\left(\frac{km}{s}\right)/10^6$パーセックと記述されていました。このハッブルの定数で宇宙の地平線を計算すると、

$$3 \times 10^5 km/s = \frac{100km/s}{10^6\text{パーセック}} \times \frac{X}{3.26}$$

で$X = 98 \times 10^8 \fallingdotseq 100 \times 10^8$光年つまり、宇宙は100億光年となり、実際には130億光年彼方の銀河が観測されているという結果と異なります。そこで、僕は現在宇宙の年齢とみなされている宇宙の地平線を140億光年とおきハッブルの定数を計算しなおしてみました。

$$3 \times \frac{10^5 km}{s} = \frac{h}{10^6\text{パーセック}} \times \frac{140 \times 10^8\text{光年}}{3.26}$$

より$h = 70km/s$となり、ハッブルの定数Hは$H = \frac{70km/s}{10^6\text{パーセック}}$となりました。僕はこれを正式なハッブルの定数としました。そして宇宙の密度は$\rho = \frac{3H^2}{8\pi G}$より、ハッブルの定数$H$を$SI$単位系に直して、宇宙の密度を計算してみました。

$$H = \frac{70 \times 10^3}{3.26 \times 10^6} \times \frac{1}{9.46 \times 10^{15}} = 2.27 \times 10^{-18} s^{-1}$$

$$\rho = \frac{3H^2}{8\pi G} = \frac{3(2.27 \times 10^{-18})^2}{8\pi 6.67428 \times 10^{-11}} = 9.21 \times 10^{-27}\left(\frac{kg}{m^3}\right)$$

となりました。

アボガドロ定数は$6.022045 \times 10^{23}(mol)^{-1}$だから、水素の原子量を1.00794gとすると水素原子一個あたりの質量は$\frac{1.00794}{6.022045 \times 10^{23}} = 1.679 \times 10^{-24}g$となります。

宇宙の密度は$\rho = 9.21 \times 10^{-24}\left(\frac{g}{m^3}\right)$より、

$\frac{9.21 \times 10^{-24}}{1.679 \times 10^{-24}} = 5.5$個

このことより宇宙空間の$1m^3$あたりに水素原子が5・5個程度存在するほどの密度であると言えます。この値は実測値に近い値です。ハッブルの定数Hは$H = \frac{70km/s}{10^6 パーセック}$です」僕は話し終えた。

僕が話し終えると、物理の矢部信太郎先生が話し始めた。

「伊達君、ハッブルの定数まで訂正したことは驚きだ。よくやったな」矢部先生も感嘆の意を隠し切れずに云った。そして、また続けた。

「宇宙やブラックホールの話をする場合、例えば$\frac{4}{3}\pi R^3$と言った様なユークリット空間での公式は使えないんだ。歪んだ空間を取り扱っているからね。またハッブルの法則も近くの銀河には成立するが遠方では空間のゆがみの効果が重要になり、単純な比例関係は成り立たなくなる。けれども、観測から得られた宇宙の密度が宇宙全体をブラックホールとした時の平均密度程度であると言う『性質』を見抜いたことは伊達が正しい。浅田春彦の指摘も、尤もだ。けれども、『宇宙の平均密度は宇宙全体がブラックホールになる条件から決まっている』と言う着想を高校生が得るということ自体素晴らしいことだ。しかもそれを言葉で説明しているのではなく具体的な数値で表している。ブラックホールは、コンパクトで高密度の天体だ。密度が数億トンだと言うがなぜ数億トンなのかを数理計算し、果ては宇宙の密度までパラメーターを延長し計算している。しかし、相対性理論で扱う密度は『質量』割る『ユークリッド幾何学による体積』では求められない。しかし、そのことは、高校生としてはありとしよう。物理学ではそうした科学的、数学的なリテラシーが重要になってくる。事実物理学では、数学的理論を構築しそれが実験や観測で正しいか正しくないが検証され、正しくないと判断された場合はその理論は正しくないとみなされ、別の新しい理論が構築され、観測の結果、正しいと検証されれば、新しい物理学が誕生してきた。そして知識は集積され物理学はより堅固なものになった。

伊達の場合、その着想を理論として構築していくには、一般相対性理論を道具として使いこなしていく必要があるんだな。また、密度が高すぎると宇宙はすぐに収縮してブラックホールになってしまうんだな。そのため、ブラックホールにならない程密度の低い宇宙のみが、なぜ136億年の間存続できたのか。そこまで密度を下げる急激な膨張がなぜ起きたのかという疑問を追究して生まれたのが宇宙のインフレーション理論だ。そういった多くの専門的な理論を学ぶためには大学の理学部物理学科に入って勉強しなければならない。君ら高校生は、その時の基礎となる理系の科目を徹底的に学習していく必要がある。頑張りたまえ」

矢部先生が言い終わると授業終了のチャイムが教室に鳴り響いた。

そして、教室のクラスメート達は、各自それぞれの高校生活のスタイルに戻っていった。僕もその一人だった。

ところが、浅田春彦は季語が少し違うけれども「万緑や自然科学の解を見る」という少々大げさな俳句を僕のために作ってくれた。

「少々間違っていたっていいじゃないか、俺たちはまだ高校生なんだし。また普通の高校生なら考えもしないことだし。そうそう完璧な理論なんか初めから作れるわけないし。だいたい俺たち物理Iと数学IIBの途中までしか習ってないんだぜ。伊達の考えは考えで良しとしなきゃ。そうだろ、また伊達の求めた宇宙の臨界密度とハッブルの定数は凄いと思うよ」と浅田春彦はそう言って、僕を認めようとしてくれた。そう言ってくれる友人はとても有り難い存在だとつくづく実感した。また浅田の言葉は僕を強く励ました。それがとても嬉しかった。

「そうだよな。俺たちこれからだよな」

僕は、言った。

「当たり前じゃないか。そうに決まっているだろ、伊達」浅田春彦は笑顔で言った。

それから、篠田涼子とその日の放課後、高校の図書室で会った。今日の一件は学年中の噂になっていたらしい。篠田涼子も既に伊達和夫が宇宙について解いていたことを知っていた。

「何故、春休みに遊びに行った時に、教えてくれなかったのよ」

そう篠田涼子は言うと、一冊の英文解釈の参考書を伊達和夫に開いて差し出した。

「この文読んでみて」

I seem to have been only like a boy playing on the seashore and diverting myself in now and then finding a smoother pebble or a prettier shell than ordinary, while the great ocean of truth lay all undiscovered before me.

by Newton

私は海辺で遊びながら、普通よりも滑らかな小石や美しい貝殻を時折見つけては楽しむ子供に過ぎなかったように思われる。ところが一方、真理の大海は私の目の前で全く発見されないでいた。

ニュートン

「それは、僕の解いたのはこんな大それたことじゃないよ。解き方に問題があったし――」

「少々間違っていたっていいじゃない、私たちはまだ高校生だよ。また普通の高校生なら考えもしないことだよ」

篠田涼子も浅田春彦と同じことを言った。他人のことでも心底思いやってくれる人は、よくぞ同じことを言ってくれると思った。とても有り難かった。そして続けた。

「現在ある知識で何が正しいか、正しくないかが分かれば十分。勉強すれば分かるようになるけど、その先にまた新しい分からないことがでてきて、また勉強をする。そして、知識は連なりながら増えていくのよ。人生は、それの繰り返しよ。相対性理論なんか今使えなくて当然だよ。いま解いたので、いまのレベルを表していて十分だと思う。とりわけ伊達君の解いた宇宙の臨界密度とハッブルの定数は本物よ」

「ありがとう」僕は感謝の念で一杯になった。

「ニュートンの言うようにあなたは海辺で遊ぶ少年よ、中原中也みたいな」

「中原中也？」

「そうよ、伊達君。あなたは、『海辺の中也』よ」

万緑の季節にはまだ早いが、新緑が夕日に照らされて波打っていた。良い高校生活を過ごしていると思える初夏の夕暮れだった。

僕が16歳の時に「宇宙の密度に関する考察」のレポートを書いてから40年というとてつもない時間が過ぎてしまいました。偶然に解いたハッブルの定数H、正式には$H = \frac{71km/s}{10^6 パーセック}$は、現在の理科年表にも載っている数値だ。

２０１９年4月10日、国際共同プロジェクト「イベント・ホライズン・テレスコープ」（ＥＨＴ）が史上初めてのブラックホールの撮影に成功した。周囲の星々をのみ込む巨大天体であるブラックホールは宇宙全体に散在しているが、光でさえ逃げられない重力場によってその姿は隠されている。ＥＨＴが撮影したのは地球から５５００万光年離れた銀河「Ｍ87」にある超大質量ブラックホールで、中心が暗く、周囲に炎のようなオレンジ色をした白熱プラズマが輪のように広がる様子が写っている。研究成果は10日、英学術誌『アストロフィジカル・ジャーナル・レターズ』に掲載された。画像は2017年4月、米国のハワイ州とアリゾナ州、スペイン、メキシコ、チリ、南極にある8基の電波望遠鏡が数日間にわたり収集したデータを基に作成された。EHTはこれらの望遠鏡を組み合わせることで、地球の直径にほぼ相当する1万2000キロにわたる仮想天文台をつくり上げた。

新たなる大発見です。宇宙論もかずかずの新発見と共に飛躍的な進化をとげてきた。さて「宇宙の密度」に関して言えば、ビッグバン理論を元にして計算と観測とを比較すれば、現在の宇宙にどれくらいの量の元素が存在しているのか見積もることが出来ます。宇宙の質量だと思われていた量を質量エネルギーに換算すると、これまでの宇宙の物質エネルギーは宇宙全体の4%に過ぎない。そして、その不足分のエネルギーが正体不明の物質、ダークマターで23%、残りの73%がダークエネルギーと名づけられ、いまだに説明のつかない暗黒エネルギーとして存在しているそうです。

それでは現在、宇宙の臨界密度 $\rho = \frac{3H^2}{8\pi G}$ はどのような意味を持つ理論になってしまったのでしょうか。実際の宇宙の密度を ρ として宇宙の臨界密度を ρ_c と比較して、

$\rho > \rho_c$ 閉じた宇宙で有限（正曲率の閉じた宇宙）

$\rho = \rho_c$ 開いた宇宙で無限（曲率ゼロの開いた宇宙）

$\rho = \rho_c$ 開いた宇宙で無限（負の曲率で開いた宇宙）

このように宇宙の構造を決定することができるとされてきた。しかしこれまで宇宙の質量とされてきたものは宇宙全体の４％に過ぎず、実際の宇宙の全質量は遥かに大きい事がわかり、宇宙の全平均密度が宇宙の臨界密度 ρ_c と等しいか、以下か以上かでは宇宙の構造を判定することは現在では当然出来ません。ダークマターも銀河の回転から求められた質量や、銀河による重力レンズからその質量は観測されていますが、その正体は一向に不明です。

僕が宇宙論に思いを巡らしていた40年前、ハッブルにより宇宙は膨張していることは、分かっていました。けれども宇宙の膨張は通常重力によってお互い

に引き合い減速膨張していると考えられていました。ところが2011年ソウル・パールムッター、ブライアン・シュミット、アダム・リースら3人が遠方の宇宙で起きる超新星爆発を観測と解析をした結果、宇宙が加速膨張していることを突き止めノーベル物理学賞を受賞した。この事実はダークエネルギーによるものだとされています。ダークエネルギーはいまだに解明されていませんが、アインシュタインの一般相対性理論の基本となるアインシュタイン方程式の「宇宙項」が空間に斥力を生じさせ空間を膨張させようとして、宇宙を加速膨張させようとするの

だという説があります。また場の量子論を用いても説明が出来ません。全く新しい別の理論が必要なのかも知れません。

一つの謎が解けると、すぐに解決ということにはなりません。それが、新たなさらなる謎を呼びます。そして知識はさらに集積され増えていきます。それが、僕がこよなく愛する宇宙論です。

ペガサスや天空駆けて夜も更けぬ君への想い覚めやらぬまま

後書き

神室一男

この小説に関して言えば、数式と数字が多い。数式と言っても高校の地学Iで取り扱う程度の数式と、計算内容は算数か中学の数学の域を出ておりません。しかし、あえて小説という文学に数学を持ち込んだのかと問われれば、数学も人類が作り出した数量および空間図形について研究する学問であり、言葉と同等の意味を持つ理論の表記だからです。これまで、小説は哲学書からの引用や外国語の引用、古典の引用など、様々な場面で自らの話や文章の中に用いてきました。そこでまた、小説への数学や物理の引用があっても良いのではと思いました。また、引用にとどまらず数学も数式も言葉ではないか、という思いが私の頭をかすめました。それで、この度この様な小説を書くに至りました。数式も数字も言葉であるという試みは、いかがでしたでしょうか。

参考文献

『相対論的宇宙論』　佐藤文隆・松田卓也　著　講談社
『宇宙論』　オックスフォード物理学シリーズ　M. Rowan－Robinson　著
小尾信弥他　訳　丸善
『新地学Ⅰ』　チャート式　藤本治義　著　数研出版
『相対論的宇宙論』　小玉英雄　著　丸善
『宇宙物理学』　佐藤文隆・原哲也　著　朝倉書店
『宇宙のダークエネルギー』　土居守・松原隆彦　著　光文社
『宇宙に外側はあるか』　松原隆彦　著　光文社
『量子論』　小出昭一郎　著　裳華房
『英文解釈ゼミ』　伊藤政弘　著　日本英語教育協会

著者プロフィール

神室 一男（かむろ かずお）

本名：中川高志
1959年、秋田県生まれ。
秋田大学卒業。
ベンチャー企業（研究開発）勤務、学習塾講師etc.
2020年、毎日新聞社「みちのく文園」短歌の部「年間準大賞」。
秋田県在住。

海辺の中也

2021年5月15日　初版第1刷発行

著　者　神室 一男
発行者　瓜谷 綱延
発行所　株式会社文芸社
〒160-0022　東京都新宿区新宿1－10－1
電話　03-5369-3060（代表）
03-5369-2299（販売）

印　刷　株式会社文芸社
製本所　株式会社MOTOMURA

ISBN978-4-286-22412-1